Ernst Woll

AF209021

Hauskater Moritz erzählt selbst

von seinen Gedanken und über sein Leben

2016
Herstellung und Verlag: BoD - Books on Demand, Norderstedt, ISBN 9783833492600

Inhalt

Einleitung

Nur in Märchen, in Fabeln, können Tiere sprechen. Was in dieser Weise in den 9 Kurzgeschichten ein Hauskater erzählt basiert auf vielen wahren Begebenheiten.

"Wenn wir unsere Art und unser Katzenwesen erhalten wollen, dann brauchen wir neue Strategien", sagte dieser erfahrene Kater, der seit mehr als 3 Jahren in einer größeren Stadt an einer Futterstelle lebte. Er hieß in seiner ersten Lebensetappe Moritz, so wurde er jedenfalls gerufen, wenn er kommen sollte, man mit ihm schmusen wollte, man ihn ausschimpfte oder von ihm erzählte.

„Ich will meine bisherigen Erfahrungen auch darstellen, um den Menschen zu zeigen, wie wir gemeinsam Mittel und Wege für ein harmonisches Miteinander finden könnten", fährt der Kater in seinem Bericht fort.

Es begann als Weihnachtsgeschenk

"In meinem Bericht muss ich etwas weiter ausholen und damit beginnen, als ich Weihnachten vor 4 Jahren im Alter von etwa 6 Monaten unter einen Tannenbaum gesetzt wurde und der lebende Mittelpunkt der ansonst toten Geschenke war. Mich interessierte schon das neben mir liegende Kuscheltier, es war aus Stoff und sollte figürlich einen Hund darstellen, obwohl es gar nicht danach roch. Die Düfte dieser Tiere hatte ich noch von meinem Tierheimaufenthalt, wo ich auch geboren wurde, in der Nase. Ja, wenn ich meinen Lebenslauf schreiben wollte würde der im Tierheim beginnen. Jedoch will ich nur kurz andeuten, dass damals die 2 Menschen, die nun in diesem weihnachtlich geschmückten Wohnzimmer ständig mit ihren beiden Kindern schwadronierten, mich etwa einen oder waren es zwei Tage vor Weinachten, von meinen Geschwistern trennten, mich in eine kleine Kiste sperrten und hierher in den Keller dieser Wohnung brachten. Ich füge diesen Zwischenfall noch ein, weil er typisch für den Umgang der Menschen mit uns Tieren ist. Vor längerer Zeit hörte ich, dass in Deutschland ein Gesetz beschlossen worden sei nachdem wir Tier keine Sache mehr sondern Mitgeschöpfe wären. Da frage ich mich wohl, ob sich das unser Mitgeschöpf Mensch gefallen lassen würde, fast 2 Tage in einer Kiste mit Gitter vor der Öffnung in einem relativ dunklen Keller abgesellt zu werden und nur Wasser und Trockennahrung zu bekommen; ohne im Geringsten zu wissen was ihn erwartet. So etwas gab es nur in Kerkern im Mittelalter. Damals aber erfreulicher Weise kaum für Katzen, die führten da noch ein freies Leben. Ja freilich, ich konnte den Kellerraum durch die Gitteröffnungen sehen und wäre ich da freigelassen worden hätte ich bestimmt ein Versteck gefunden und wäre dann beim Öffnen der Kellertür auf und davon gerannt! Ob man mich wieder hätte einfangen können steht in den Sternen. Die Freiheitsberaubung seit dem Abholen im Tierheim war mir also ganz schön auf den Keks gegangen.

Nun aber zurück zur Weihnachtsbescherung. Ich war den Eltern direkt dankbar, dass sie nun die beiden Kinder energisch zwangen mich mal in Ruhe zu lassen und auch die anderen Geschenke anzusehen. Ich war inzwischen unters Sofa gehuscht, hatte mich unter der Kommode versteckt und, und, und, aber alles half nichts, die Kinder zerrten mich hervor und ich musste mit ihnen schmusen. Das forderte ganz schöne Überwindung für mich, denn vom Tierheim her war ich das kaum gewöhnt. Ich glaube, ich habe den Kindern deshalb auch einige Kratzer zugefügt. Sie nahmen es gelassen, sie schienen sich sogar über mein Wehren zu amüsieren. Endlich war nach diesem Befehl etwas Ruhe eingekehrt, da entstand neuer Ärger. Die Oma erschien mit ihrem Lebenspartner – aber etwas zu spät, denn ich vernahm ärgerliche Diskussionen zwischen den Erwachsenen. Es ging wohl darum: Die Jungen sagten:" Wir konnten mit der Bescherung nicht mehr warten, die Kinder waren zu aufgeregt;" die zu spät gekommenen waren jedoch beleidigt. All das berührte mich weniger aber diese Großmutter hatte einen Dackel mitgebracht, der, nun zwar an einer Leine festgehalten, sich so gebärdete als wollte er mich auffressen; ich verkroch mich in die hinterste Ecke unter all die zur Entsorgung frei gegebenen Geschenkkartons. "Lass bloß den Dackel nicht los", schrie die Mutter, "die Kinder haben eine wunderbare junge Katze vom Weihnachtsmann bekommen!" Da war es aber schon geschehen.

Neben mir raschelte es und der Hund kam mit seiner Schnauze meinem Kopf immer näher. Dieser Geruch: Widerlich! Ich kratzte ihm im Gesicht, er jaulte auf und die Oma schrie: „Schafft sofort die Katze aus dem Zimmer – ich garantiere bei meinem Waldi - so heißen viele Dackel – für gar nichts, wenn ihn Katzen ärgern, beißt er zu." Den Streit, der jetzt zwischen den Leuten entstand, konnte ich nicht bis zum Ende verfolgen, der Vater packte mich und brachte mich in die Küche. Ich war empört, wehrte mich energisch – er war aber stärker. Ich hätte all zu gern diesen aggressiven Dackel

noch einige Kratzer beigebracht und nun musste ich allein mit meiner Wut in der dunklen Küche ausharren. Dagegen darf dieser Eindringling mit erleben, wie sich in dieser Familie ein Weihnachtsabend voller Einigkeit gestaltet. Na ja, eigentlich bin ich aber auch froh mich mal von dem „Bescherungsstress" auszuruhen. Um mich jedoch mal richtig zu rächen, benutzte ich nicht das Katzenklo, das man im Flur – wohin die Tür offen stand - für mich extra aufgestellt hatte. Ich setzte einen Haufen unter die Eckbank. Es machte mir richtig Spaß zu hören, dass die Oma, als sie in die Küche kam rief: „Das stinkt ja fürchterlich - bei euch esse ich nichts mit." Damit, das schien mir offensichtlich, war das friedliche Weihnachtsfest in dieser Familie gelaufen. Ich musste bis zum nächsten Morgen in einer Abstellkammer, wo mein Klo stand, verbringen und war leider von allen weiteren Ereignissen ausgeschlossen. Am liebsten hätte ich diesen Leuten allen gesagt: „Für eine Katz' ist unterm Weihnachtsbaum nicht der richt'ge Platz!"
Die weiteren zu berichtenden Erlebnisse dieses Katers bestätigen die von der erfahrenen Katze geforderte Notwendigkeit: „Das Zusammenleben von Menschen und Katzen muss besser, moderner gestaltet werden. Die Domestikation braucht neue Strategien."

Erfahrungen als Wohnungskatze

Die erfahrene Katze, ein Kater, der seit 2 Jahren ohne festen Wohnsitz in einer größeren Stadt lebt, berichtet selbst weiter über Lebenserfahrungen, Erlebnisse und den Wunsch, das Verhältnis zwischen Hauskatzen und Menschen zu modernisieren:
„Eigenartig, wenn ich jetzt im Winter in der Kiste, die Tierschützer an einer Futterstelle aufgestellt haben, wind- und kältegeschützt schlafe, träume ich ganz intensiv von der Zeit als ich noch Wohnungskatze war. Wahrscheinlich sind es Erinnerungen daran, dass ich damals in der kalten Nachweihnachtszeit bei dieser Familie mit den 2 Kindern recht gut aufgehoben war. Ich bekam genug schmackhaftes Fressen und suchte diszipliniert mein Klo auf. Ich hatte erfahren und daraus gelernt, dass es mir zum Nachteil gereicht, wenn ich die Leute ärgern wollte und meine Haufen und meinen Urin irgendwo in der Wohnung hinterließ. Ich wurde nicht mit Schlägen bestraft, das erfolgte auch nicht bei den Kindern, wenn die unartig waren. Jedoch musste ich längere Zeit in einer dunklen Abstellkammer, wohin nur mein Fressen und Trinken regelmäßig gebracht wurde und mein Klo stand, verbringen. Auch die Kinder durften nicht mit mir spielen oder schmusen. Ob diese Einzelhaft, die wahrscheinlich sogar einige Tage dauerte, ich wurde erst wieder frei gelassen, wenn ich ausschließ-

lich meine Toilette benutzt hatte, eine wirksame und richtige Katzenbestrafung ist, wage ich zu bezweifeln. Jedenfalls zeigte ich hinterher meinen Stolz, indem ich mich einige Zeit allen Liebkosungen widersetzte, nicht zum rumalbern bereit war und mir unerreichbare Verstecke in der Wohnung suchte. Noch eins bedrückte mich damals, vermutlich dachten die Leute eine Katze ist völlig zufrieden, wenn sie nicht hungern muss, ein Dach über den Kopf hat und im Warmen ist. Außerdem würde es genügen, wenn man sich mit ihr dann beschäftigt, wenn man gerade Lust dazu hat. Nur das macht kein zufriedenes Katzenleben aus – die Fachleute sagen, das sei keine artgerechte Haltung. Und wo sie recht haben, da haben sie recht.

Jedenfalls werden meine Träume bei der Verarbeitung der diesbezüglichen Erlebnisse auch hin und wieder zu Alpträumen. Einmal, ich wollte gern wissen, was außerhalb der Korridortür vor sich geht, schwippte ich hinaus und kam auch durch die zufällig offen stehende Hauseingangstür. Es war wohl im Januar und es lag Schnee, den ich noch nie gesehen hatte. Mir machte es Spaß in diesen weichen, kalten, watteähnlichen Zeug rum zu hüpfen. Das Rufen, ich hatte inzwischen den Namen Moritz erhalten, ignorierte ich hier in der Freiheit. In der Wohnung hatte ich aber schon begriffen, dass ich so hieß. Trotzdem schockierte mich diese neue fremde Umgebung. Der unbekannte Lärm, später erfuhr ich, er kam von Autos die vorbeisausten und von Menschen, die auch umher hasteten, trieb mich schließlich zur Hautür zurück. Ich spürte richtig, dass die Mutter und die Kinder froh waren, denn ich flüchtete wieder in die Wohnung. Es hatte nämlich tüchtigen Zank gegeben, dass jemand unvorsichtig gewesen sein soll und ich deshalb aus der Wohnung entkam. Doch mein Verlangen blieb, ich wollte erfahren, was sich alles außerhalb dieser Wände tut.

Auf eigenartige Weise erlebte ich in den nächsten Wochen dazu Näheres. Mir wurde ein Geschirr umgelegt und ich wurde an einer Leine auf der Straße und in einem Park von den Kindern ausgeführt. Mein inneres Empfinden sagte mir, hier läuft was falsch. Jedes Mal, wenn ich im Laub oder Gebüsch was rascheln hörte und danach springen wollte, wurde ich an der Leine festgehalten. Mit Freiheit, wovon die Menschen immer in großen Tönen reden, hat das nichts zu tun. In einer Katze wohnen Triebe, die verlangen allem Beweglichen nachzujagen und auch Vögel und Mäuse zu fangen, selbst wenn sie nicht als Nahrung gebraucht werden. Obwohl ich hierzu bisher keine Erlebnisse hatte wusste ich darüber Bescheid, denn das scheint in unseren Genen zu liegen. So stelle ich mir heute die Frage: „Kann es die Evolution irgendwie schaffen, dass wir Hauskatzen zu absoluten Wohnungskatzen werden? Oder können sich meine an Freiheit gewöhnten Brüder und Schwestern auch auf ein Leben nur in Wohnungen umstellen?" Ich habe in meinen jetzigen Leben als sogenannte Freilebende – manchmal werden wir auch „Streunende" genannt - von einigen, die einst Wohnungskatzen ohne Freigang waren, gehört: „Über ausreichende Nahrung und auch unterschiedliche Zuwendung konnten wir uns nicht beschweren. Nur fanden wir es oft lächerlich, dass wir Mäuse aus Stoff fangen sollten, die man an einen Faden gebunden hatte und die immer wieder weggezogen wurden, wenn wir sie gerade erwischt hatten. Ein schönes Spiel, wir machten es mit, weil es den Menschen gefiel, wir rochen durchaus, es waren keine echten Mäuse. Wir zeigten Zufriedenheit, obwohl uns etwas Wichtiges fehlte: Wir erfuhren nie, was außerhalb unserer 4 Wände vor sich geht, einen Kontakt zu anderen Katzen oder Begegnungen mit anderen Tieren hatten wir nicht."

Diese Unterhaltungen, bei denen ich noch erfuhr, dass einige Wohnungskatzen manchmal tagelang allein in der Wohnung waren, bedrückten mich sehr. Ich habe als Katze in der Politik nichts zu sagen aber meine Forderung lautet, stellt Regeln für Wohnungskatzen auf die eine art- und tierschutzgerechte Haltung garantieren! Ich finde im Übrigen, dass die Haltungsbedingungen für alle in Gefangenschaft gehaltenen Katzen in Zoos auch stark verbesserungsbedürftig sind.

Nun weiter zu meinen eigenen Erlebnissen als Wohnungskatze, von denen ich noch jetzt, wie ich schon erwähnte, oft träume. In der Familie, die ich im Alter von ca. 2 Monaten erstmals bei der Weihnachtsbescherung kennen gelernt hatte, spürte ich in den nächsten 3- 4 Monaten ein permanent abnehmendes Interesse für mich. Das schlug sogar in Frust um, als ich geschlechtsreif wurde, das war im Alter von etwa 5 Monaten – ich war also ein „Frühentwickler". Als „Katzenteenager" wollte ich meine Macht demonstrieren und markierte hin und wieder im Wohnzimmer mit meinem Urin mein Revier. Heute kann ich verstehen, dass das den Menschen nicht gefiel. Auch ich bin nicht begeistert, wenn einige unkastrierte geschlechtsreife Kater an unserer Futterstelle Markierungen setzen, das stinkt ja selbst für uns Katzen fürchterlich.

Aber meine Familie kannte eine Abhilfe für mein „Geschlechtsgehabe"; nur ich wusste nicht Bescheid was mit mir geschehen sollte, als ich in einen engen Transportkäfig gesperrt wurde. Diese Behälter sehe ich heute noch manchmal, wenn die Tierschützer damit Katzen transportieren. Jedenfalls mit mir ging es ab in einen großen gefliesten, sauberen Raum und ich wurde auf einem Tisch in komischer Haltung festgebunden, bekam eine Spritze und schlief kurz darauf ein. Als ich aufwachte spürte ich Schmerzen zwischen meinen Hinterbeinen und war bei den ersten Schritten noch etwas taumelig. Die Kinder, die mich zur Kastration, darüber weiß ich heute Bescheid, zum Tierarzt gebracht hatten, nahmen mich wieder mit zurück in die Wohnung. Für die nächsten Tage war mein Körbchen, wo ich immer schlief, mit sauberen Decken ausgestattet und ich dachte tatsächlich: Für dich fängt wieder das Leben so an, wie ich es in den ersten Wochen nach Weihnachten erlebt hatte. Nur in diesem Falle hatte ich mich getäuscht, denn seit Wochen spürte ich instinktiv, hier ist mir gegenüber ein Wandel eingetreten, man will mich los werden. Warum und wie ich dann grausam ausgesetzt wurde werde ich in einer weiteren Geschichte erzählen.

Nach Ostern wurde Moritz entsorgt

Kater Moritz berichtet weiter: „Ich höre die Menschen oft sagen: `Tiere können nicht sprechen, begreifen nur das, was wir ihnen mühsam beigebracht haben und welche Empfindungen diese Geschöpfe vielleicht haben, ist auch nur schwer zu ergründen.`
Doch da haben sich diese Zweibeiner gewaltig geirrt. Wir verstehen und ergründen viele Dinge, die diesen oft eingebildeten „höheren Wesen" verborgen bleiben; bei ihnen hat die Evolution manches verkümmern lassen, was bei uns Tieren noch so gut funktioniert, dass wir häufig besser sehen, riechen und hören um Gutes und Schlechtes zu unterscheiden. Außerdem fühlen wir auch Schmerzen und spüren Leid, ertragen dies aber meistens geduldiger und jammern seltener. Aber all das wollte ich nur am Rande erwähnen, ich will weiter erzählen, wie ich von einer Wohnungskatze zu einer freilebenden oder wie häufig gesagt wird, streunenden Katze wurde und was ich dann in der Freiheit erlebte.
Weihnachten, als ich als Weihnachtsgeschenk in diese chaotische Familie kam, lag nun schon lange zurück und ich vernahm Gespräche über das Osterfest. Auch die Oma sollte wieder zum Festtagsbraten eingeladen werden und ich befürchtete schon, sie bringt wieder diesen unmöglichen Dackel mit. Aber da vernahm ich, dass sie den ins Tierheim geben musste, weil sie selbst auch ins Pflegeheim

umgezogen war. Mit dem Begriff Heim wusste ich so gar nichts anzufangen aber es schien etwas Schlimmes zu sein, denn es wurde auch erzählt, die Oma wäre gar nicht gern dorthin gegangen. Ich hörte den Vater jetzt oft sagen, da bringen wir den Kater eben ins Tierheim, denn bei uns kann er nicht mehr bleiben. Da protestierten aber die Mutter und die Kinder und sagten: `Da kommt doch unser Kater her und dort will man Tiere in Familien vermitteln und nicht wieder aufnehmen. Außerdem werden dort die Katzen nur in Gefangenschaft und in großen Gruppen gehalten, da kann sich unserer nicht wieder eingewöhnen. ´ Also, so schlussfolgerte ich, ist ein Heimaufenthalt nur ein Notbehelf, für Katzen nicht als Daueraufenthalt zu empfehlen und etwas Mieses.

Ergründen musste ich aber noch, warum ich nicht in der Familie bleiben sollte, denn ein abgekühltes Verhältnis mir gegenüber spürte ich schon länger. Besonders die Tochter wich mir völlig aus und ich hörte, sie hat eine Katzenallergie. Ich muss schon sagen, was heutzutage alles festgestellt wird erschwert unser Zusammenleben mit den modernen Menschen immer mehr. Darüber hinaus wird in der Familie viel darüber diskutiert, dass Katzen eigentlich auch immer mal ins Freie müssen und dazu gibt es hier in dieser Stadt für Parks und öffentlichen Plätze und Straßen beim Freigang von uns einen Leinenzwang. Warum eigentlich, das erfuhr ich noch nicht so richtig. Auf alle Fälle wird uns nachgesagt, dass wir sonst eine Bedrohung für die immer weniger werdenden Singvögel seien aber das stimmt gar nicht, wir fangen doch nur die, die ungeschickt sind und nicht rechtzeitig in die Baumwipfel flüchten. Hinzu kommt, die Erwachsenen und auch die Kinder führen mich nicht mehr gern aus – alle geben an, keine Zeit zu haben. Ein Phänomen der Moderne! Kurzum, ich wurde bei diesen Leuten von einem schönen Spielzeug zur großen Belastung. Das wäre zu verhindern gewesen, wenn sie die Empfehlungen des Deutschen Tierschutzbundes gelesen hätten, was vor der Anschaffung eines Haustieres zu beachten ist. Darin steht, dass die Fragen zu klären sind: Was erwarte ich mir von meinem Tier? Welches Tier würde am besten zu mir und meinen Lebensgewohnheiten bzw. Freizeitverhalten passen? (Zeit, Platz, Kosten, eventuell Allergien, Umfeld, usw.)´

Eines Tages, das Osterfest, über das ich noch berichten muss, war schon wieder einige Zeit vorbei, da wurde ich, was noch nie vorgekommen war, zu einer Ausfahrt mit ins Auto genommen. Aber zunächst noch etwas zu den Osterfeiertagen, die Hektik, die ich da erlebte, war das Gegenteil von feiern. Ich war mittendrin und habe noch zusätzlich einiges durcheinander gebracht. Es war Karfreitag, die Kinder hatten schulfrei, die Osterferien begannen und Vater und Mutter mussten auch nicht zur Arbeit. `Heute spielen wir Osterhase´, sagte die Mutter und begann in der Küche mit den Vorbereitungen zum Ostereierfärben. Die gekochten Eier wurden auf den Tisch auf Tücher zum Trocknen gelegt, damit sie dann die Eierfarbe besser annehmen. Ich saß auf der Eckbank und beobachtete wie sich diese runden oder besser ovalen Dinge leicht bewegten. Alles Bewegliche reizt mich und ich sprang auf den Tisch um zu spielen. Zwangsläufig fielen viele Eier auf den Boden. Großes Geschrei und ich wurde aus der Küche gejagt.

Dann kam der Ostersonntag und am Vormittag war für die Kinder Eiersuchen angesagt. Ich hörte den Jungen schmollen und sagen: `Warum müssen wir die Ostergeschenke noch suchen, wir wissen doch, der Osterhase ist nur ein Märchen.´ Die Eltern protestierten, weil sie meinten, das gehöre eben zur Tradition und der Vater sagte: `Früher als wir noch einen Garten hatten, da machte das noch so richtig Spaß, jetzt in der Wohnung gibt es zu wenig Verstecke´. Als ich das Wort Garten hörte wurde ich richtig traurig – ja, ein dortiger Auslauf hätte auch mir Freude gemacht. Kurzum, ich wurde mal wieder an die Leine genommen und von den Kindern auf der Straße ausgeführt. Als wir zurück kamen hieß es: `Der Osterhase war hier, ihr könnt suchen`. Nun kam bei den Kindern doch eine gewisse Begeisterung auf, denn die Ostereier waren Nebensache, sie hatten sich noch andere Geschenke gewünscht. Tatsächlich fand das Mädchen eine schöne Bluse, die sie zunächst über die Stuhllehne hängte um sie später anzuprobieren. Wieder wurde mir ein Wackeln zum Verhängnis – die Ärmel des Kleidungsstückes baumelten, ich krallte einen und zog die schöne Bluse davon unter den Stubentisch. Großer Aufschrei: `Der Kater macht meine Bluse kaputt und ich kann sie wegen meiner Allergie auch nimmer anziehen. Tatsächlich war es mir gelungen das Geschenk mit meinen Krallen zu beschädigen. Strafe: Ich kam wieder in die dunkle Abstellkammer und war vom schönen Osterfest weiterhin ausgeschlossen – dabei roch es in der Küche so gut aber von den Osterbraten bekam ich gar nichts ab.

Nun, nach dem für mich missglückten Osterfest, zurück zu meiner ersten und letzten Autoausfahrt mit dieser Familie. Mutter und Junge saßen auf der Rückbank und ich hockte dazwischen. Etwa aus dem Fenster gucken war nicht möglich, wenn ich hoch wollte wurde ich wieder niedergedrückt. Ich wusste nicht wo es hin ging und spürte plötzlich ein starkes Holpern als der Wagen auch schon hielt. Die Türen wurden geöffnet und ich sprang auch gleich hinaus, denn es wurde Zeit zur Entleerung meiner Blase. Das war hier im Moos am Rande eines Waldweges besonders schön. Doch ich war noch nicht ganz fertig – so schnell hatte ich diese Menschen noch nie gesehen – da fuhr das Auto davon. Hinterher rennen wäre zwecklos gewesen –

ich war ausgesetzt. Was sollte nun mit mir geschehen? Aber darüber werde ich in einer Fortsetzung berichten."

Moritz wurde ein Streunender

Nach unseren heutigen Wissensstand ist nicht zu ergründen welche Gedanken dem Kater, der im Wald ausgesetzt und nun ganz plötzlich aus dem Wohnungskatzenleben herausgerissen wurde, durch den Kopf gingen. Wenn ich ihn trotzdem über sein weiteres Schicksal wie in einer Fabel selbst erzählen lasse, so muss dazu betont werden, dass vielen Tieren Ähnliches widerfährt und wir nur versuchen können die Gedanken dieser Tiere nach unseren Empfinden auszulegen. Moritz, so wurde er zuletzt in der Familie gerufen, aber diesen Namen wollte er schnell vergessen, weil diese Menschen ihm Böses angetan hatten. Und er erzählt seine Geschichte, er will, dass die Menschen aufgerüttelt werden zu bereifen: Tiere sind lebende Wesen, es sind unsere Mitgeschöpfe! Sein Bericht von der nächsten Etappe:

„Ich wusste zunächst nicht genau, hatte die Familie mit den 2 Kindern mich vergessen oder war es Absicht mich hier auszusetzen. Doch als das Auto nicht umkehrte, wusste ich, nun war ich auf mich allein gestellt, musste einen Weg finden zu überleben. Uns Katzen wird nachgesagt sehr zäh zu sein und sogar 7 Leben zu haben aber das war mir jetzt egal. Komisch, ich suchte irgendwie nach den abgeschlossenen Räumen, die mir bisher Schutz boten. Dabei sollte ich doch froh sein jetzt endlich die damals ersehnte Freiheit zu haben. So sind wir Katzen, da unterscheiden wir uns kaum vom Menschen, wenn wir endlich haben was wir gern wollten, wissen wir nichts Richtiges damit anzufangen. Na gut, die ersten Notwendigkeiten sind: Einen trockenen Platz zu finden, wo ich mich geschützt ausruhen kann aber dann schnell etwas trinken zu können. Durch die warmen Temperaturen bekommt man viel Durst. Mein Hunger ist noch auszuhalten, denn bevor ich die Wohnung verlassen hatte, konnte ich mich zumindest noch mal mit schmackhaftem Futter vollstopfen – ich tat es ohne zu ahnen was geschehen sollte.

Also los geht's. zur Erkundung. Halt, ich höre Motorengeräusche, vielleicht kommt meine Herrschaft doch zurück? Nein, das Auto hält an und ein junges Paar steigt aus und beginnt einen Spaziergang. Die müssen aber verliebt sein, denn alle paar Meter umarmen und küssen die sich. Solche Gefühle hat man mir wahrscheinlich durch die Kastration genommen, ich spüre zurzeit kein Verlangen nach einem weiblichen Partner. Sie führen einen Hund an der Leine, der mich zu riechen scheint, denn er gebärdet sich ganz ungestüm. Ich flüchte mich mal lieber auf einen Baum, man weiß nicht, eventuell lassen diese Leute den Hund sogar los und mir ist jetzt an einer solchen direkten Begegnung nichts gelegen. Mein Anstieg in des Baumes Gipfel ist ein Glücksfall, ich habe guten Ausblick und sehe in der Nähe einen kleinen Teich, dort kann ich bestimmt meinen Durst stillen. Die beiden Menschen und der Hund sind nicht mehr zu hören, ich steige hinab und mache mich auf dem Weg zum Wasser. Da wäre ich doch bald über einen Fuchs, der fast leblos dalag, gestolpert. Er steckte mit seinem Hinterbein in einer Schlagfalle und ich sah in seinem Gesicht, er hatte große Schmerzen, hörte ihn aber nicht klagen. Da merkte ich doch, dass ich fast so egoistisch bin wie die Menschen, denn ich dachte: ʹNur gut, dass der Fuchs vor mir diesen Weg gegangen war, sonst würde ich vielleicht in dieser Falle hängen. ʹ Ich konnte ihm leider nicht helfen. Werde aber später doch noch mal hierher kommen um zu sehen, was aus ihm geworden ist.

Er gerät wieder in Gefangenschaft

„Ich beginne plötzlich die Wohnsilos der Menschen mit anderen Augen zu sehen", mit diesen Gedanken setzt der Kater, den man als Wohnungskatze vor einigen Tagen im Wald ausgesetzt hatte, seinen Bericht fort: „Wahrscheinlich bin ich in einer Stadt gelandet in der ganz andere Verhältnisse herrschen als dort, wo ich früher lebte. Die herumlaufenden Menschen sehen gleich aber die Umgebung hier sieht anders aus. Ich sehe einige Artgenossen umherhuschen, die gar nicht bemerken, dass ich mich, ein Fremder, eingeschlichen habe. Entweder leben die nicht mit Menschen zusammen in Wohnungen oder haben so viel Freiheit, dass sie unkontrolliert ausgehen können. Auf alle Fälle muss ich einen Kontakt suchen, um zu erfahren, was hier gespielt wird. Da rieche ich schon Bekanntes und sehe auch sofort ein Unheil auf mich zukommen, – ein Hund hat mich im Gebüsch vor einer Hausfront entdeckt und sein Begleiter kann nicht rechtzeitig die lange Leine, an der er zieht, vom Abrollen stoppen. Mein Feind steht direkt vor mir. Nichts in der Nähe, wo ich hoch klettern könnte! So muss ich Auge in Auge mit ihm abschätzen, kommt es zum Kampf oder gibt es eine andere Lösung? Die ist da, ich höre einen Menschen rufen: „Du sollst die Katzen in Ruhe lassen!" Und da wird er auch schon gewaltsam von mir weggerissen, wobei er sich ein furchterregendes

Bellen nicht verkneifen kann. Das ist eben Art der Hunde und auch mancher Menschen, mit lauter Stimme Stärke zeigen zu wollen. Ich mache mich davon, weiß noch nicht, wie in dieser Gegend das Mensch/Katzenverhältnis wirklich ist.

Da kam mir spontan ein Erlebnis aus meinem früheren Leben in Erinnerung, das ich nicht vergessen darf und will. Ich wurde wieder einmal im Park an einer Leine ausgeführt, hörte das schmerzhafte Schreien einer Katze und beobachtete in Sichtnähe etwas Schreckliches. Ein großer Hund hatte das Tier am Genick in seinem großen Maul, sein Besitzer hielt ihn zwar an der Leine straff, schien aber nicht ernsthaft bemüht, ihn von seinem geplanten Todesbiss abzuhalten. Er rief immer nur: „Lass doch die Katze in Ruhe!". Empörend, alle Spaziergänger in der Nähe und auch mein Herrchen, kümmerten sich nicht um das Vorkommnis. Dann hörte das Schreien der Katze auf, der Hund hatte meinen Artgenossen tot gebissen! Ich zitterte am ganzen Leibe aber die Menschen ringsherum taten als sei nichts geschehen, – dabei wurde gewaltsam, ohne Sinn, ein Leben ausgelöscht. Nun genug davon, ich muss mich von diesen Gedanken losreißen und mich wieder auf die Gegenwart, auf das Problem, wie soll ich hier Fuß fassen, konzentrieren.

Seltsam, hier gibt es eine Unmenge freilaufender Katzen, viele sind jetzt gegen Abend auf den Beinen und streben bestimmten Zielen zu. Ich muss da

mal einigen hinterher gehen. Da sehe ich doch, wie hinter Büschen eine ältere Frau mit Katzennäpfen hantiert, die sie scheinbar mit Futter und Wasser füllt. Zu dieser Stelle laufen ungefähr acht oder sind es gar zehn Katzen, im Zählen bin ich nicht besonders gut, sie warten geduldig bis dieser Mensch mit dem Füllen der Näpfe fertig ist und sich zum Gehen bereit macht. Da stürzen sie sich auch gleich auf Futter und Trinken. Ich höre diese Katzenfreundin noch ganz freundlich sagen: „So meine Lieben, jetzt könnt ihr euch wieder eine Güte tun. Nur, viel mehr dürft ihr nicht werden, dem Tierschutzverein fehlt immer Geld, um das viele Futter zu kaufen. Auch ich kann nicht viel beisteuern, meine Rente ist gering. Trotzdem lasse ich euch nicht im Stich."
Diese Worte machten mich zugleich froh aber auch nachdenklich, ich würde ja ein solcher zusätzlicher Fresser werden, wenn ich mich hier dazu geselle. Gar nicht lange, da schienen sie satt zu sein und die meisten machten sich davon. Ich sah einige kleine Häuschen, darin waren doch tatsächlich „Katzenliegeplätze", so etwas hatte ich noch nicht gesehen, werde es später noch näher begucken. Jetzt stille ich erst Hunger und Durst, denn meine Brüder und Schwestern haben nicht alles weggeputzt.
Scheinbar kann ich hier doch dazu kommen und einfach so tun, als gehörte ich schon immer dazu. Die Frau kam noch mal zurück, hatte wahrscheinlich was vergessen. Ich hatte plötzlich das Bedürf-

nis einer Annäherung und strich mit erhobenem Schwanz um ihre Beine – diese Berührung tat tatsächlich gut. Zwar hatte ich mir geschworen, mit Menschen, die mich so im Stich gelassen hatten, keine enge Freundschaft mehr einzugehen. Aber da fällt mir ein Spruch ein, den ich von meinem ehemaligen Herren gehört hatte: „Der Mensch ist ein Gewohnheitstier", vielleicht ich auch? Denn ich kann es nicht leugnen, Schmusen hat mir manchmal gefallen, ich hatte mich daran gewöhnt. Instinktiv suchte ich also Annäherung bei dieser Frau. Die hatte scheinbar Erfahrung mit Katzen, denn sie ergriff mich und trotz meiner angeborenen schnellen Reaktionsfähigkeit konnte ich nicht entweichen. Sie nahm mich auf dem Arm – wo waren meine feindlichen Vorsätze hin? Ich ließ es mir gefallen und kratzte nicht einmal. Gleich guckte sie zwischen meine Hinterschenkel und sagte so vor sich hin: „Das ist ja ein kastrierter Kater und er ist zahm, ist bestimmt eine Wohnungskatze. Warum treibst du dich hier mit herum?" In diesem Moment bedauerte ich ganz sehr, dass ich nicht sprechen konnte, denn ich hätte sofort von meinem Schicksal berichten können. Aber es entstanden nun Missverständnisse, die ich hätte verhindern können. So wurde ich zunächst wieder ein Gefangener, denn die Frau murmelte weiter vor sich hin: „Muss erkunden ob du hier in der Gegend jemandem weggelaufen bist. Wenn nicht, kann ich dich bestimmt in eine Familie vermitteln, wo es dir gut gehen wird. Du brauchst kein Streunender zu werden."

So griff wieder jemand in mein Leben ein und bestimmte was mit mir zu geschehen hatte. Wie das alles weiterging will ich später noch erzählen, denn aus meinen Erlebnissen sollten die Menschen lernen, wie man mit uns Hauskatzen richtig umgeht und was vielleicht auch zukunftsrelevant ist."

Moritz bleibt nichts erspart

Hätte ich mich doch nicht wieder einfangen lassen, denkt vermutlich der Kater Moritz, der als Wohnungskatze ausgesetzt wurde, seitdem einige Abenteuer überstanden und an einer Futterstelle für freilebende Hauskatzen eine neue Bleibe gesucht hatte. Er erzählt nun selbst weiter, was er künftig erlebte.

„Die Frau, die mich auf den Arm genommen hat und mich festhält, scheint es ja gut mit mir zu meinen. Trotzdem will ich lieber selbst über mich bestimmen. Als ich noch Wohnungskatze in meiner ehemaligen Familie war sollte ich auch immer das machen, was Kinder und Eltern wollten; ich tat es oft aber die merkten gar nicht, dass mir sehr vieles nicht gefiel. So sind halt die Menschen, sie haben manchmal zu wenig Gespür für unsere wirklichen Katzenbedürfnisse. Für diese Fälle bedaure ich sehr, dass wir Tiere nicht sprechen können.

Ich wollte also wieder entweichen aber das gelang mir nicht. Es ging in eine Wohnung, die anders aussah als die, die ich bisher kennengelernt hatte. Hier war nicht alles blitz und blank, kurzum, hier schien es katzengerecht zu sein. Nicht sehr freundlich begrüßten mich auch gleich zwei Artgenossen und ich hörte die Frau sagen: „Ein paar Tage müsst ihr schon mit dem kastrierten Kater vorlieb nehmen, bis ich ihn vermittelt habe. Ihr könnt euch ja auch nicht mehr fortpflanzen und somit braucht ihr nicht erst Rangkämpfe auszufechten, also vertragt euch."

Die beiden schienen tatsächlich auch diese Worte verstanden zu haben, denn es dauerte nur einige Stunden und wir gewöhnten uns aneinander. Wahrscheinlich blieben aber Konkurrenzkämpfe vor allem deshalb aus, weil genügend Futter und für alle ein Schlafplatz vorhanden war. Außerdem gab es von der Katzenhalterin keine unterschiedlichen Zuwendungen gegenüber uns Dreien. Jedenfalls machten diese beiden Katzen hier einen sehr zufriedenen Eindruck. Die Ursache hierfür fand ich schnell. An dem kleinen Häuschen mit dieser einzigen Wohnung befand sich ein kleiner Garten. Schon am übernächsten Tag durfte auch ich mit dorthin und mir war klar: Aus diesem Katzenparadies wäre es töricht, irgendwie fortzulaufen. Auch ich dachte so für mich, deine anfängliche Skepsis war unbegründet, hier könntest du dich durchaus wohlfühlen.

Doch etwa nach 2 Wochen kam eine junge Frau und versuchte mir gegenüber Annäherungsversuche. Sofort schrillten bei mir die Alarmglocken und ich wollte mich nicht sofort wieder mit jemanden einlassen, der über mich bestimmte. Mir half aber alles nichts, die Person hatte einen kleinen Katzenkäfig mitgebracht in den ich von der Frau, zu der ich inzwischen Vertrauen aufgebaut hatte, verfrachtet wurde. So kann man sich in Menschen täuschen, mit dem freundlichsten Gesicht vermögen sie, dich zu verstoßen, sogar hinter Gitter zu bringen! Ich vernahm das Gespräch der Frauen. Die angeblich liebe Katzenmutter sagte: „Sie bekommen einen zahmen, jungen kastrierten Kater, der stubenrein ist und sich bestimmt schnell an sie gewöhnt. Seien sie lieb zu ihm." Meine neue Besitzerin erwiderte: „Ach ist das ein schönes Tier, es wird es bei mir gut haben und ich freue mich ja so über etwas Lebendes um mich, ich bin so oft allein." Ich hocke in dem engen Käfig und denke: Diese falsche Überschwänglichkeit! Wer weiß was dich erwartet?

Eine weitere wiederum anders eingerichtete Wohnung lerne ich nun kennen. Hier gibt es überall Teppiche und Polstermöbel auf denen sogar Stoffpüppchen sitzen. Das Verrückteste, auf den Schränken und Regalen stehen überall Nippfiguren. Kaum aus meinen Käfig gelassen sause ich auf den hohen Schrank, dort kann mich diese Frau, die mir zu geziert tut, mich wenigstens nicht erwischen. Gleich ein Missgeschick, ich stoße ein solch komisches Gebilde aus Porzellan, das wie eine Katze aussieht, herunter und es zerschellt am Boden. Mir scheint jedoch viel nachgesehen zu werden – kein böses Schimpfen folgt. Nach Stunden treibt mich der Hunger doch herunter, denn im Flur stehen Näpfe mit Futter und Trinkwasser. Auch ein Katzenklo, das im Bad steht, wittere ich. Doch fangen lasse ich mich von meiner neuen Besitzerin noch lange nicht.

Da komm ich hier doch wirklich vom Regen in die Traufe, in dieser kleinen Wohnung eingesperrt zu sein ist ja schlimmer als mein erster Lebensabschnitt als Wohnungskatze. Sehr viele Stunden bin ich allein. Frühmorgens geht die Frau, sie scheint keinen Mann und keine Kinder zu haben, aus dem Haus, kommt gegen Abend zurück und will dann mit mir spielen. Doch dazu bin ich noch lange nicht bereit, ich bin doch keine Sache, die man bestellt und die dann funktioniert! Auch bei uns Katzen gibt es so etwas wie Liebe auf den ersten Blick und mit dem Transport in dem Käfig und den ständigen übertriebenen Annäherungsversuchen konnte das vorerst nicht klappen. Ich wehrte mich innerlich ein Vertrauensverhältnis aufzubauen.

Ich glaube unser gegenseitiges Abtasten dauerte nun schon einen Monat, da blieb meine Besitzerin plötzlich weg und eine ganz fremde Frau kam jeden Tag einmal, füllte Fress- und Trinknapf und säuberte das Klo. Sie öffnete auch für kurze Zeit die Fenster, vor denen war aber ein Gitter, sonst hätte ich da schon mal versucht zu entkommen. Vielleicht konnte meine Herrin, warum man unsere Besitzerinnen so nennt, weiß ich auch nicht, gar nichts dafür, dass sie mich allein ließ. Es konnte was Schlimmes passiert sein, Krankenhausaufenthalt, Unfall oder sonst was. Nur mir war das ganze doch zu blöd geworden, diesem Gefängnis musste ich entkommen.

Wer glaubt wir Katzen sind nicht findig, der irrt. Ich wartete hinter der Wohnungseingangstür bis die von meiner Betreuerin geöffnet wurde und ehe die reagieren konnte schlüpfte ich hinaus. Einer älteren Frau zu entkommen ist ein leichtes, im Nu war ich weg auf Nimmerwiedersehen! Jetzt zeigte ich den Menschen mal das Gegenteil von Aussetzen, das freiwillige Abhauen. Aber war es richtig von mir, eine sichere Unterkunft und Verpflegung jetzt im Spätherbst einfach zu verlassen? Hier geht es mir wahrscheinlich wie den Menschen, die hin und wider denken, Freiheit ist höher als Geborgenheit und Sicherheit zu bewerten. Nur gibt es dabei auch manche Enttäuschung.

Es kümmert mich nicht, ob meine Herrin vielleicht nach mir sucht, ich werde ein neues Leben beginnen. Wahrscheinlich bin ich in der gleichen Stadt, wie vor meiner Vermittlung an diese alleinstehende Frau. Leider finde ich den schönen Futterplatz für streunende Katzen nicht mehr. Jedoch habe ich schon Anschluss an einer anderen Futterstelle gefunden an der es noch schöner zu sein scheint. Ich werde jedenfalls darüber und die besonderen Erfahrungen im Leben einer „freien Stadtkatze" berichten. Einesteils fühle ich mich wie Obdachlose, die auch oft Wohnungsangebote ablehnen, weil sie dieses spezielle ungebundene Leben bevorzugen, andererseits fühle ich hier in dieser Stadt eine Geborgenheit und Möglichkeiten für ein artgerechtes Katzenleben.

Moritz begegnet Katzenfängern

Kater Moritz überlegt sich nun, wie er an einer Futterstelle wieder Anschluss an Artgenossen finden könnte. Dass er keine Nachkommen mehr zeugen kann ist ihm manchmal gar nicht deutlich bewusst, denn noch immer verspürt er Zuneigungen zum weiblichen Geschlecht. Doch die Miezen scheinen zu ahnen, dass er kein ganzer Kerl mehr ist, er hat jetzt bei seinen ersten Annäherungsversuchen bemerkt, sie lassen ihn oft links liegen. Na ja, was soll es, er wird auch weiterhin mit seinen Gefühlen nicht hinter dem Berg halten.

Hier in diesem Wohngebiet findet er wiederum Futterstellen, die ihm noch komfortabler erscheinen als die, die er bei seiner damaligen Ankunft in einem anderen Stadtteil vorfand. Nach über 2 jähriger Erfahrung als Stadtkatze hat er nunmehr das Bedürfnis der Menschheit mitzuteilen, was sie seinem Empfinden nach im Umgang mit freilebenden Katzen richtig oder falsch macht:

„In dieser Stadt scheint die Verwaltung etwas für freilebende Tiere übrig zu haben oder ist hier ein funktionierender Tierschutzverein tätig? Es gibt mehrere kleinere Parkanlagen in denen Nistkästen für Singvögel, Unterkünfte für Igel, Koben für Eichhörnchen und sogar Taubentürme vorhanden sind. Innerhalb der belassenen Sträucher sind geschützte Plätze, die sich für Katzenfutterstellen eignen. Hier gibt es kaum Ärger mit Anwohnern. Ich schaue auch hin und wieder mal nach anderen Futterplätzen. Wenn da z. B. die Katzenfütterung unter Balkons in den Wohnsilos oder in deren Nähe erfolgt, dann beschweren sich oft Leute, die wenig für uns Katzen übrig haben. Ich spürte das schon mehrmals, wir wurden sogar häufig unsanft verjagt. Diese Menschen scheinen aber nicht zu wissen, dass wir dafür sorgen, dass sie nicht von Mäusen und Ratten belästigt werden – wir garantieren hier in der Stadt ein sogenanntes biologisches Gleichgewicht. Wir lassen diese Schadnager, wie sie genannt werden, nicht überhand nehmen. Diese können sich sonst mancherorts ganz schön vermehren, weil sie durch entsorgte Nahrungsmittel viele ausreichende Futterquellen finden. Aber das sind Dinge, die nicht direkt etwas mit meinem Katzenleben zu tun haben, ich will damit nur auf unseren Nutzen aufmerksam machen, der heute manchmal vergessen wird. In der Neuzeit denkt die Menschheit, viele Probleme – auch die Mäuse- und Rattenbekämpfung – durch die Chemie mit Giften lösen zu können und richtet damit viel Schaden in der Umwelt an.

Die Parkanlage, in der ich nun meinen festen Platz – die Menschen sagen Wohnsitz – gefunden habe, liegt am Stadtrand. Ich unternehme hin und wieder Streifzüge in das Umland, wo sich allerhand Schrebergärten befinden. Dort gibt es auch zahlreiche Katzen, denen es ganz gut zu gehen scheint, sie sehen wohlgenährt aus oder täuscht dieses Wohlbefinden nur? Direkte Freundschaften mit uns Stadtkatzen bauen sich nicht auf. Ich muss in diesem Zusammenhang von einem Erlebnis erzählen, das mich tief erschüttert hat.

Eines Morgens komme ich in die Nähe einer Gartenanlage und sehe am Zaun eine Gruppe debattierender Menschen. Durch ihre Beine hindurch erkenne ich, dass es um eine sehr stark verletzte Katze geht, die am Boden liegt. Ein Mann legte sie in dem Moment auf eine Decke und fährt mit ihr fort- wahrscheinlich zum Tierarzt, wie ich hörte. Aus den Gesprächen der Leute vernehme ich, dass das Tier wohl in eine Schlagfalle geraten war und lebensgefährlich verletzt wurde. Offensichtlich hatte ein Gartenbesitzer dieses Gerät extra aufgestellt, um damit Katzen zu fangen und abzuschrecken, weil er sich durch sie stark belästigt fühlte. Einige der Debattierenden fand diese Tun nicht einmal verwerflich, weil sie meinten: Die Katzen in der Anlage hätten sich zu stark vermehrt, sie würden auf frisch hergerichteten Beeten ihre Notdurft vergraben, damit alles zerscharren und die Pflanz- und Saatflächen zerstören. Außerdem stellten die Katzen den Singvögeln nach, wobei sie nicht selten auch welche fangen und töten würden. Sie plädierten für ein Katzenhaltungsverbot in der Gartenanlage. Andere Vernünftige forderten die Aufklärung und Anzeige dieser Missetat und meinten, dass Katzen in der Anlage gebraucht werden. Als sie noch nicht da waren hätte man erlebt, dass sich Ratten und Mäuse überall ungehemmt vermehrten. Man ging wütend und uneinig auseinander. Mich interessierte der Fort- und Ausgang dieses Vorkommnisses brennend, deshalb schlich ich in der nächsten Zeit des Öfteren in der Gartenanlage herum. In diesem Falle bedauerte ich, dass wir Ticrc manche Handlungen und Ermittlungen der Menschen nicht verfolgen können und ich baue darauf, dass hier eine Aufklärung erfolgte."

Der Kater könnte informiert werden: Die Katze musste auf Grund der sehr starken unheilbaren Verletzungen eingeschläfert werden. Das tierschutzwidrige Verhalten kam zur Anzeige und wirbelte auch in der Öffentlichkeit viel Staub auf. Die Polizei ermittelte anfangs schleppend, weil es auch hier Leute gibt, die sagten, es handelt sich ja nur um ein Tier, wir haben wenig Personal und mit anderen Delikten zu viel zu tun. Auf Druck des Tierschutzvereins kam es zu mehreren Aussprachen im Gartenverein und einige Gartenbesitzer änderten tatsächlich ihre bisherig „katzenfeindliche" Haltung. Der Fallensteller wurde leider nicht ermittelt, weil einige Gartenfreunde keine Bereitschaft zu Mitwirkung bei der Aufklärung zeigten, vielleicht aber auch aus Angst die Zwistigkeiten im Verein noch zu verstärken.

Nun kommt Kater Moritz wieder zu Wort: „Ich war vielleicht ein halbes Jahr mit ungefähr 10 Katzen eine Gemeinschaft und es gab keinen Streit, weil immer genügend Futter zur Verfügung stand. Hin und wieder kamen Gäste: Miezen und Kater, um die wir uns aber gar nicht kümmerten. Bei den Menschen ist das anders, da wird bei Besuchern oft viel Wesens gemacht und auch Besonderes aufgetischt. Uns versorgten 2 ältere Frauen, die uns Stammbesatzung sogar teilweise Namen gaben. Ich wurde nicht mehr Moritz gerufen, woher sollte man auch wissen, dass ich früher so hieß? Ich war jetzt der Strolch. Warum konnte ich mir denken, ich war nicht immer pünktlich zur Fütterung, weil ich viel unterwegs war, also herumstrolchte. Neuhinzugekommene wurden von unseren Betreuerinnen immer kritisch unter die Lupe genommen, um zu verhindern, dass sie Krankheiten bei uns einschleppen. Aber bisher gab es in dieser Hinsicht keine Probleme. Nun passierte aber etwas Außergewöhnliches. Auch ich bemerkte es, von unserer Gemeinschaft blieben einige für immer weg und wir wussten nicht, was mit ihnen geschehen war. Als bereits das 5. Tier nicht mehr zum Fressen kam, hörte ich die Frauen diskutieren, dass in der Stadt illegale Katzenfänger unterwegs seien, aber sie konnten uns nicht warnen, wir verstanden ja ihre Sprache nicht.

Für mich war das aber ein Fall, Näheres zu erkunden. Ich dehnte also meine Streifzüge in die Umgebung aus und wurde findig. Am Rande des Wohngebietes, in dem sich unsere Futterstelle befindet, kam ich zu einer mit vielen Sträuchern bewachsenen Brache. Hier war ich schon oft herumgestrolcht, man begegnete selten jemand und Mäuse gab es in Massen. Nun fand ich hier Tierlebendfallen zu denen mich ein angenehmer Baldriangeruch regelrecht hinzog. Diese Instrumentc kanntc ich, sie wurden auch an unserer Futterstelle manchmal aufgestellt, wenn fremde Katzen zu uns kamen und man diese zur Kontrolle erst mal einfangen wollte. Über diese Methoden des Lebendtierfangens, um z. B. auch freilebende Katzen zur Untersuchung und Kastration zum Tierarzt und sie später wieder hierher zurück zu bringen, werde ich an anderer Stelle noch Interessantes zu berichten wissen. Zunächst weiter zu meiner Entdeckung der Katzenfänger. Ich musste stark gegen mein Verlagen ankämpfen in die Falle zu gehen, denn dort roch es so angenehm und ich hätte mich dort gern mal mit meinem Fell gerieben, um den Duft aufzunehmen und vielleicht gar eine Zeit zu speichern. Gott sei Dank konnte ich widerstehen, sah aber wie 3 meiner Artgenossen in die Falle tappten. Ich kannte diese Tiere nicht, wollte aber gern wissen was weiter geschieht. Ich konnte ihnen nicht helfen und beobachtete versteckt in angemessener Entfernung. Zwei Männer – nicht gerade vertrauenerweckend – erschienen, nahmen die Gefangenen aus der Falle; sie hatten feste Handschuhe an, sonst wären sie wahrscheinlich von den sich wehrenden Tieren stark verletzt worden und verfrachteten diese in einen festen Sack. Diesen brachten sie zu einem Lieferwagen, der allein auf dem nahen Parkplatz stand, denn hier kam selten jemand her und sie waren in ihrem bösen Tun ungestört. Als sie die Tür des Laderaumes öffneten war ich bestürzt, ich sah mehrere solcher Säcke mit Katzen gefüllt, die ängstliche Laute ausstießen. Ich bekam Angst und machte mich davon, helfen konnte ich schwaches Tier nicht und leider auch niemand informieren."

Hier endet zunächst wieder der Bericht von Kater Moritz, den er aber mit weiteren interessanten Erlebnissen fortsetzt. Moritz konnte verständlicher Weise nichts weiter über diese Katzenfänger erfahren, einiges Wichtiges hierzu soll jedoch dieser Kurzgeschichte hinzugefügt werden.

Noch immer setzt die Forschung in Deutschland jährlich etwa 1000 Katzen als Versuchstiere ein. (Hirn- und Magen- Darmforschung) Zu wenig wird getan, um dazu Alternativen zu finden. Aber auch in anderen Ländern werden Katzen als Versuchstiere verwandt. Lukrative Geschäfte werden in der ganzen Welt mit Katzenfellen gemacht, die sogar für therapeutische Anwendungen aber vor allem für Bekleidung Verwendung finden. Die Katzenfänger können also die eingefangenen Tiere häufig gewinnbringend verkaufen. Die Bemühungen der Europäischen Union um ein Verbot des Handels mit Katzenfellen sind bis in die Neuzeit sehr zögerlich. Mir ist kein Fall bekannt, dass Katzenfänger, die hin und wieder in einigen Gegenden und Städten aufkreuzen, je gefasst wurden. Hinweisen aus der Bevölkerung und von Tierschutzorganisationen ging die Polizei nach meinen Beobachtungen auch meist nicht konsequent nach.

Probleme an der Futterstelle

Kater Moritz berichtet weiter: „Kinder wie die Zeit vergeht. Ich glaube es war schon vor mehr als 2 Jahren als ich hier an diese Futterstelle für etwa 10 streunende Stadtkatzen ankam. Und ich gehöre nun hier zum alten Stamm. Ich sah in dieser Zeit viele meiner Artgenossen kommen und zeitweilig oder auch für immer verschwinden. Es ist sehr interessant welche Bemühungen die Frauen, die sich um uns kümmern, anstellen, damit wir uns nicht vermehren. Im Übrigen sind sie aber auch darauf bedacht, dass wir geschützt ein katzengerechtes Leben führen können. Über all das muss ich einiges erzählen, weil diese Methoden durchaus zum Nachmachen auch in anderen Städten zu empfehlen sind aber auch vielerorts schon praktiziert werden.

Ich hörte immer wieder in Gesprächen der Menschen, wir Katzen seien sehr vermehrungsfreudig. Na ja, ich Kastrierter kann dazu keinen Beitrag mehr leisten. Es wird aber behauptet, dass ein Katzenpaar ohne Einflussnahme nach 10 Jahren 80 Millionen Nachkommen haben kann. Etwa so viele Menschen gibt es ja in der Bundesrepublik – also unvorstellbar, wenn neben diesen Leuten ebenso viele Katzen leben würden. Deshalb verstehe ich, dass jede fremde Katze, die sich an unserer Futterstelle blicken lässt erst mal untersucht werden soll, ob sie auch kastriert ist. Und hier tun sich einige Problem auf. Nur zahme an Menschen gewöhnte Tiere lassen sich mit der Hand einfangen und das sind vorwiegend Wohnungskatzen, die einen Besitzer haben. Und leider gibt es noch keine gesetzliche Regelung, dass diese, wenn man sie frei laufen lässt, auch kastriert werden müssten. Der Tierschutzverein kümmert sich hinsichtlich Kastration um die freilaufenden Stadtkatzen, sollte dabei aber zufällig auch eine Privatkatze einbezogen werden, kann es zu rechtlichen Auseinandersetzungen kommen.

Die meisten Kater oder Miezen, die sich an der Futterstelle erstmalig sehen lassen sind scheu und nur mit einer Lebendfalle zu erwischen. Oft sehe ich diese Instrumente hier bei uns aufgestellt, weil wieder unbekannte Katzen hier herumstreichen. Als Erfahrener lasse ich diese Fallen links liegen aber einige, die erst kurze Zeit zu unserem Team gehören, sind oft zu neugierig und lassen sich sogar einige Male fangen. So gehört wirklich Geduld dazu diejenigen zu erwischen, die man untersuchen will. Jetzt entsteht ein weiteres Problem, die Kennzeichnung der bereits kastrierten Tiere. Wenn das durch eine Kerbe im Ohr erfolgt ist das gut zu erkennen und man kann die gefangene Katze wieder frei lassen, wenn sie auch sonst gesund erscheint. Im anderen Falle lassen sich manchmal keine Operationsnarben feststellen und das Tier wird unnötiger Weise nochmals zum Tierarzt gebracht. Das Ohrkerben ist umstritten, nur ein Teil der Tierärzte ist zur Anwendung bereit aber durch Weglassen entsteht mehr Aufwand.

Ich habe das alles etwas ausführlicher erzählt, um zu zeigen, welche Mühe sich die Menschen machen uns in der Vermehrung in Schach zu halten, damit wir sie nicht gar mal in der Anzahl überflügeln. Meine Meinung dazu und die teile ich mit vielen Artgenossen, wenn die Menschen uns schon in ihre fürsorgliche Obhut genommen haben, dann sind sie auch mitverantwortlich für die Steuerung unserer Vermehrung. Sie selbst haben ja auch die Pille entwickelt aber das könnte sogar die Auswirkungen haben, dass zu wenig Nachkommen in die Welt gesetzt werden. Bestimmt ist das aber nicht der einzige Grund für den Geburtenrückgang. Hoffentlich nehmen sie bei uns Hauskatzen aber nicht auch mal in falscher Weise Einfluss und es führt in vielen Jahren dazu, dass wir eine bedrohte Art werden. Diese Überlegungen, wie es mit uns vielleicht in 20 Jahren steht, werde ich auch noch in einer Geschichte darstellen.

Jetzt will ich noch einiges dazu sagen, wie die Kastration der eingefangenen sogenannten Freigänger und der freilebenden Stadtkatzen organisiert und wie unsere Futterstelle eingerichtet ist. Ich habe bei meinen Ausflügen in der Umgebung festgestellt, dass nicht überall solche vorbildlichen Einrichtungen vorhanden sind und oft auch zu wenig für Ordnung und Sauberkeit getan wird. Ein Erlebnis: Ich sah wie in einem größeren Wohngebäude von einem Balkon Futter nach unten auf die Blumenrabatte vorm Haus gekippt wurde. Verständlich, obwohl ich satt war, wollte ich wissen, ob das vielleicht Leckerbissen sind. Also machte ich mich mit einigen hinzukommenden Katzen, die das wahrscheinlich kannten, darüber her. Ich hatte nicht bemerkt, dass hinter der Haustür ein Mann gestanden hatte, der uns jetzt plötzlich mit einem großen Knüppel überfiel. Ich war flink davon aber einen Artgenossen hatte er erwischt und schlug auf ihn ein. Was weiter geschah weiß ich nicht, aus Angst rannte ich schnell weg. Ich nehme an, dass das ein Hinterhalt war, entweder wollte man gegen dieses unsachgemäße Füttern angehen, sogar uns freilebende Katzen brutal wegjagen oder gar dezimieren. Kurzum, das Füttern freilebender Katzen in den Wohngebieten muss organisiert erfolgen, auch um Ärger mit Anwohnern zu vermeiden.

An unserer Futterstelle befinden sich auch kleine Hütten, in denen wir ruhen und schlafen können. In der kalten Jahreszeit sind wir hier geschützt, weil sie auch mit Wolldecken und Kissen ausgelegt sind. Hier haben die Tierschützer wirklich sehr viel für uns getan und wir sind nicht mehr obdachlos. Mich erschüttert immer, wenn ich obdachlose Menschen unter Brücken und an anderen primitiven Stellen campieren sehe. Nur ich getraue mich bei meinen Rundgängen nicht näher an sie heran, sie führen meist Hunde mit sich, mit denen sie aber auch sehr fürsorglich umgehen. Wenn manche Menschen, die nicht viel für uns Katzen übrig haben, beobachten, wie für uns Freilebende von Tierfreunden gesorgt wird, höre ich die Bemerkungen: „Das Geld sollte man lieber für notleidende Menschen ausgeben." Hier protestiere ich, wir sind Mitgeschöpfe und haben ebenso Anspruch auf die Hilfsbereitschaft der Gesellschaft.

Was die Steuerung unserer Vermehrung angeht, muss ich in meinen Bericht noch einen weiteren Bogen schlagen. Wenn es z. B. „Katzenhistoriker" geben würde könnten die viel über dieses Thema berichten. Sie würden wahrscheinlich auch darüber schreiben wie man früher, vor mehr als 70 Jahren, der sogenannten Katzenschwemme, besonders auf dem Lande begegnete. Man wusste keinen anderen Ausweg als den reichlichen Katzennachwuchs ständig zu reduzieren. Die Mehrzahl der Neugeborenen wurde ertränkt bzw. grausam getötet. Auf dem Lande geschieht das oft noch heute so. Aus dieser Zeit könnte auch von einem 9jährigen Jungen berichtet werden, der gemeinsam mit einem Freund Katzenmüttern helfen wollte, ihren Nachwuchs zu retten. Sie suchten und fanden in den Scheunen die Neugeborenen und brachten sie gemeinsam mit den Katzenmüttern in sicherere Verstecke, die die Erwachsenen nicht mehr erreichten. Die Aktion lief ca. 2 Jahre, da gab es in der Umgebung so viele frei herumlaufende Hauskatzen, dass man sich kaum zu helfen wusste – sie mussten ihr Vorhaben begraben.

So kann es als großer Fortschritt angesehen werden, dass heute in der Bundesrepublik die Tierschutzvereine das Heft in der Steuerung der Katzenvermehrung in die Hand genommen haben und vielerorts so wie hier in dieser Stadt wirksam werden:

- Es werden Futterstellen eingerichtet an denen ausgewählte Tiere in Lebendfallen
  gefangen werden können.
- Diese Tiere werden in die Tierarztpraxis gebracht und dort kastriert.
- Anschließend werden sie an den Futterstellen wieder in die Freiheit entlassen.
- Die Katzenhalter werden beraten, um ihre Wohnungskatzen mit Freigang, die nicht für die Zucht Verwendung finden, ebenfalls kastrieren zu lassen.

Diese Aktionen werden durch Spendengelder und die Mitgliedsbeiträge der Tierschutzvereine finanziert und ich höre hier sehr oft, dass man vor dem Abbruch der Aktivitäten steht, weil kein Geld mehr da ist.

Wenn ich an all das denke wird mir ganz mulmig um die Zukunft unserer Hauskatzenart. Ich hoffe aber, dass sich „Katzenzukunftsforscher" Gedanken darüber machen, wie das alles weitergehen könnte. Was ich darüber hörte werde ich in einer weiteren Geschichte erzählen."

Katzenlebendfalle

Von Tierschützern selbstgebastelte Katzenunterkunft an einer Futterstelle

An einer Katzenfutterstelle

Er macht sich Gedanken um die Zukunft

„Die Menschen sprechen uns Tieren die Fähigkeit ab, denken zu können. Sie behaupten, wir würden nicht an die Zukunft denken. Wissen sie das genau, können sie das beweisen? Es heißt so schön, wo das Wissen aufhört fängt der Glaube an. Darum empfehle ich bis zur endgültigen wissenschaftlichen Klärung unserer Denkfähigkeiten sollte man vor allem daran glauben, dass besonders Katzen auch zu denken vermögen. Sich zu erinnern gehört z. B. auch zum Denken und auf diesem Gebiet vergessen wir nichts. Ein Beispiel: Menschen die uns etwas Böses angetan haben erkennen wir wieder und weichen ihnen künftig aus." Mit diesen Worten will der Kater Moritz seine Geschichten weiter erzählen, doch er findet selbst an seiner Futterstelle unter den anderen Katzen keine Zuhörer und die beiden Frauen, die dortigen Betreuerinnen, verstehen die Katzensprache nicht. Dass seine Artgenossen kein Interesse an seinen Erzählungen haben könnte auch ein Phänomen sein, das es bei Menschen gibt: Der Prophet gilt nichts im eigenen Lande. Ungeachtet all dessen entwickelt er aber seine weiteren Gedanken, er macht sich vor allem Sorgen um die Zukunft seiner Hauskatzenart:

„Wenn ich an das Klima der letzten 3 Jahre denke, dass ich live miterlebte, so soll sich das, wie die Älteren berichten, sehr gewandelt haben – es sei auch hier in Deutschland wärmer geworden. Na ja, mir machte das nichts aus so brauchten wir in den Wintern, die wirklich nicht sehr kältestreng waren, weniger fieren und hatten an unseren Futterstellen ausreichenden Schutz. Nun schlussfolgere ich aber, dass sich damit unsere natürliche Futterquelle die Mäuse unheimlich vermehrten, weil ihr wichtigster natürlicher Feind, der strenge Frost ausblieb. Die Landwirte klagten besonders über Invasionen von Feldmäusen. Was tun nun unvernünftige Menschen, sie legen Gift aus. Ich habe einige Hauskatzen tot in Hecken liegen sehen, die wahrscheinlich solch vergiftete Mäuse gefressen hatten, und elendig zu Grunde gingen. An ihren Gesichtern erkannte ich, dass sie qualvoll gestorben waren. Wenn hier also nicht Einhalt geboten wird kann das durchaus auch künftig uns Katzen erheblich bedrohen.

Das Klima ist aber nur einer der Umweltfaktoren, auf die der Mensch in gewinnsüchtiger Weise Einfluss nimmt womit er vielfach Probleme in der Erhaltung des biologischen Gleichgewichts in der Natur heraufbeschwört. Damit beschäftigen sich aber ganze Heerscharen von Wissenschaftlern in der Welt und das alles ist für meinen beschränkten Horizont zu kompliziert. Ich bemerke jedoch, die Zweibeiner entwickeln in der Neuzeit viele künstliche Mittel und Methoden die bei Tieren und Pflanzen auf das gesamte Fortpflanzungsgeschehen und selbst auf die Veränderung der Arten Einfluss nehmen. Unheimlich sind mir dabei besonders Genmanipulationen, wenn die aus dem Ruder laufen, oh weh! Dabei spüre ich außerdem, dass die Menschen immer egoistischer werden, jeder will immer nur für ihn Vorteilhaftes durchsetzen. In diesen gesamten Strudel geraten auch wir Hauskatzen und da bekomme ich Angst.

Es war wohl voriges Jahr, da tauchte an unserer Futterstelle ein Tier auf, das ich erst gar nicht als eines unserer Art erkannte. Es war eine Katze völlig ohne Fell, also nackt. Sie fror erbärmlich, es waren schon kalte Herbsttage. Was finden Menschen an solchen Tieren schön? Die arme war ganz zahm, ließ sich von unseren Betreuerinnen auf den Arm nehmen und ich belauschte ihr Gespräch: „Das ist die Katze von der Villa am Park, die ist bestimmt dort ausgerissen. Es wurde gesagt sie haben sie aus England, dort sind solche Qualzuchten erlaubt. Wir bringen sie zurück, solche Tiere gehen in der Natur zu Grunde, sträflich, dass man diese Zuchten zulässt".

Ich wurde nach diesem Erlebnis sehr nachdenklich und dachte mir dabei eine science fiction Geschichte aus, die aber sogar wirklich werden könnte: Neben diesen nackten gibt es ja auch so genannte Känguruhkatzen, deren Vorderbeine sehr verkürzt sind und die nicht richtig laufen können. Auch alle Qualzuchttiere können sich vermehren. Sollten die deshalb zufällig mal ausbüxen und in eine Gruppe freilaufender Katzen gelangen könnte Schlimmes passieren. Ich garantiere nicht für meine noch nicht kastrierten Katerbrüder, dass die diese veränderten Wesen attraktiv finden und sich mit diesen einlassen. Der damit entstehende Nachwuchs, wird er nicht entdeckt und Einfluss genommen, würde bei der bekannten rasanten Katzenvermehrung wahrscheinlich zu katastrophalen Folgen führen. Hier könnte sich dann nur die Natur selbst helfen, weil diese so veränderten Katzen nicht außerhalb menschlicher Obhut lebensfähig sind. Auf alle Fälle käme es aber zu unsinnigen Geburten und folgendem Auslöschen von Leben.

Ganz gefährlich für unseren Fortbestand erscheint mir aber, dass die Anzahl der Menschen wächst, die uns freilaufende Katzen nicht mögen und manchmal sogar bekämpfen wollen. Einige Argumente, die man anführt, will ich hier nennen, denn wir sollen angeblich:

- Infektionskrankheiten, die auch auf den Menschen übertragbar sind verbreiten.
- Singvögeln nachstellen, diese vertilgen und mitverantwortlich für den Rückgang dieser Bestände sein.
- In Schrebergärten Flächen auf hergerichteten Beeten zerwühlen.
- In Wohngebieten unsere Kothaufen hinterlassen, dass Menschen hineintreten könnten.

- Die Kater würden durch ihre Markierungen und ihre Rufe während der so genannten Ranftzeit eine starke Belästigung sein.

Alle diese Argumente sind aber zu hinterfragen und treffen kaum zu. Es könnte jedoch dazu führen, dass sich diese Katzenfeinde Methoden überlegen, wie sie unsere Population verringern oder vielleicht sogar unsere Spezies auslöschen könnten. Diese Möglichkeiten hätten sie schon heute. Kaum auszudenken, wenn sie z. B.:

- Bei freilebenden Hauskatzen Genmanipulationen durchführen würden in deren Folge das gesamte Fortpflanzungsgeschehen gestört wird.
- Hormone einsetzen, die sich durch die Nahrung verbreiten und letztlich bei den Tieren zur Unfruchtbarkeit führen.
- Einige Katzen mit Krankheitserregern (hoch gefährliche gegen bisherige Mittel residente Bakterien und Vieren) infizieren und damit eine Pandemie auslösen, die bis zum Sterben aller Katzen führen könnte, wenn man nicht rechtzeitig Gegenmittel findet und einsetzt.

Freilich sind das Horrorszenarien, ich möchte auch gar nicht weiterdenken, aber es gibt doch viele Beispiele dafür, was sich böse Menschen in der Welt schon alles Schreckliche ausgedacht haben. In den Kriegen, die jetzt überall geführt werden, kommen moderne Kampfstoffe zum Einsatz. Wer weiß wel-

che Auswirkungen das auf Menschen und Tiere hat, die damit getroffen werden und vielleicht dann geschädigt   überleben. Und deshalb will ich zum Schluss philosophieren und dichten:
Allen Menschen sage ich immer nur,
beachtet verlässliche Gesetze der Natur,
nur so kann man in den nächsten Jahren
auch unsere Hauskatzenart bewahren."
Diese Gedankenspiele und Erzählungen eines Tieres erscheinen absurd, doch dazu sage ich: „Es gibt mehr Dinge zwischen Himmel und Erde als eure Schulweisheit sich träumen lässt."